12 Juin 1890. P

AF369227

COLLECTION

CRABBE

EXEMPLAIRE DE H. STETTNER

COLLECTION

PROSPER CRABBE

CATALOGUE

DE

TABLEAUX

ANCIENS ET MODERNES

DE PREMIER ORDRE

formant l'importante Collection

DE FEU LE SÉNATEUR

PROSPER CRABBE

de Bruxelles

DONT LA VENTE PUBLIQUE AURA LIEU A PARIS

GALERIE SEDELMEYER

4BIS, RUE DE LA ROCHEFOUCAULD, 4BIS

Le Jeudi 12 Juin 1890

A DEUX HEURES ET DEMIE

Par le ministère de Me **PAUL CHEVALLIER**, Commissaire-priseur

ET SOUS LA DIRECTION GÉNÉRALE DE

M. CHARLES SEDELMEYER, 6, rue de La Rochefoucauld, Paris

ASSISTÉ DE

M. ARTHUR STEVENS, 16, rue des Drapiers, Bruxelles

EXPOSITIONS :

Particulière, *le mardi* 10 *Juin* 1890 | **Publique**, *le mercredi* 11 *Juin* 1890

DE 1 HEURE A 6 HEURES

LE PRÉSENT CATALOGUE SE TROUVE CHEZ :

Me Paul CHEVALLIER	M. Charles SEDELMEYER	M. Arthur STEVENS
10, rue Grange Batelière	6, rue de La Rochefoucauld	16, rue des Drapiers
PARIS	PARIS	BRUXELLES

PARIS — MDCCCXC

Le présent Catalogue se distribue à

LONDRES . . . . . . Chez **MM. Ths. Agnew & Sons**, Old Bond Street, 39 B.

— . . . . . . — — **Boussod, Valadon et Cⁱᵉ**, 117, New Bond Street.

— . . . . . . — — **Obach et Cⁱᵉ**, 20, Cockspur Street.

BRUXELLES . . . . . — — **Henri Le Roy et fils**, 83, Montagne de la Cour.

— . . . . . — **Mᵉ A. Van den Eynde**, notaire, 1, rue aux Laines.

VIENNE . . . . — **M. H. O. Miethke**, I Plankengasse, 2.

— . . . . — — **C. J. Wawra**, I Dorotheergasse, 14.

BERLIN . . . . — — **Edouard Schulte**, Unter den Linden, 4 *a*.

ST-PÉTERSBOURG . — — **A. Beggrow**, 4, Perspective de Newsky.

— . — — **A. Velten**, 20, Perspective de Newsky.

NEW-YORK . . . . . — — **S. P. Avery jʳ**, 368, Fifth Avenue.

— . . . . . — **MM. Boussod, Valadon et Cⁱᵉ**, 303, Fifth Avenue

— . . . . . — — **Durand-Ruel**, 315, Fifth Avenue.

— . . . . . — — **M. Knoedler et Cⁱᵉ**, 170, Fifth Avenue.

— . . . . . — **M. Charles M. Kurtz**, 41 West, 61 st Street.

— . . . . . — **MM. Reichard et Cⁱᵉ**, 226, Fifth Avenue.

— . . . . — **W. Schaus**, 204, Fifth Avenue

CHICAGO . . . . — **The Art Institute.**

CONDITIONS DE LA VENTE

Elle sera faite au comptant.

Les acquéreurs payeront *cinq pour cent* en sus des adjudications, applicables aux frais.

20431. — Imprimerie A. Lahure, rue de Fleurus, 9, à Paris.

TABLEAUX MODERNES

COROT

(CAMILLE)

1 — Le Matin.

Au premier plan, une prairie émaillée de fleu rettes, en avant d'un petit lac bordé à l'horizon par une lisière d'arbres qu'estompent les brumes vaporeuses et argentées du matin.

Sur le ciel lumineux, d'un blanc d'opale, se détache un groupe de beaux arbres au feuillage délicat, tout imprégné des lueurs laiteuses du soleil matinal, qui est déjà assez élevé au-dessus de l'horizon.

Sous ces arbres, sur le bord du petit lac, au centre du tableau, une jeune fille accroupie, ayant un fichu rougeâtre sur ses épaules, un bonnet sur la tête, tient un jeune enfant par les mains.

A gauche, talus de verdure surmonté d'arbres. Au dernier plan, dans la brume, on aperçoit une vue de ville avec un clocher; dans les eaux du lac, se reflète la lisière d'arbres du second plan, formant dans l'eau des transparences vaporeuses.

Tableau qui enchante par ses délicieuses harmonies de ton.

Signé au bas, à gauche : *Corot*.

Toile. Haut. 59 cent.; larg. 73 cent.

Collection Gunzburg.
N° 183 de l'Exposition Universelle de 1889.

COROT

(CAMILLE)

2 — Le Soir.

Sous le ciel opalin d'une chaude soirée de juillet, tout impregné des lueurs dorées du soleil couchant qui a déjà disparu au-dessous de l'horizon, se profile un important groupe d'arbres, à la verdure puissante et chaude, plantés à mi-côte d'une colline qui domine la campagne plongée déjà dans l'ombre du soir.

En avant de ce groupe d'arbres, entre deux jeunes bouleaux dont les formes sveltes et le léger feuillage se détachent sur le ciel, est posé sur un fût de colonne le buste du dieu Pan, tourné du côté de la campagne.

Un peu au-dessous, à droite, s'approchent de jeunes nymphes demi-nues; les unes, ayant des guirlandes de fleurs dans les bras, exécutent des danses gracieuses en l'honneur du dieu Pan ; d'autres, conduisant un jeune satyre, apportent au dieu des cadeaux de fleurs et de fruits qu'elles portent dans leur bras et sur leur tête.

Au premier plan, une mare avec de grandes herbes et des fleurs.

OEuvre d'une grandeur de style et d'une coloration vraiment sublimes.

Signé au bas, à gauche : *Corot*.

Toile. Haut. 89 cent. ; larg. 1 m. 10 cent.

Collection Defoer.
N° 154 de l'Exposition Universelle de 1889.

DECAMPS

(ALEXANDRE)

3 — Les Mendiantes.

Devant une chaumière, dont le mur blanchi à la chaux reçoit la lumière du soleil, sont assises trois mendiantes.

L'une, vue de face, une coiffe blanche sur sa tête, est assise, le dos appuyé au mur.

Une autre, vue de côté, coiffée d'un madras rougeâtre, vêtue d'un corsage vert, d'une jupe multicolore, assise, tient sur ses genoux la tête d'un enfant et paraît occupée à chercher dans ses cheveux des hôtes incommodes.

Une troisième est assise sur un escabeau devant la porte ouverte de la chaumière, et sous cette porte, une petite fille tient dans ses bras un tout jeune enfant.

Signé à droite, en travers : *Decamps*, 49.

Bois. Haut. 15 cent.; larg. 25 cent.

Collection DEFOER.

DELACROIX

(EUGÈNE)

4 — Chasse au tigre.

La scène se passe dans une gorge profonde, au pied d'énormes rochers, et au bord d'un ruisseau.

Un cavalier arabe, qui allait attaquer un énorme tigre royal, est lui-même attaqué par le fauve qui s'est élancé au poitrail de son cheval.

Celui-ci se cabre sous les griffes puissantes du tigre qui lui a saisi la jambe droite de ses crocs formidables.

De son bras droit, le chasseur entoure le cou de son cheval et semble y prendre un solide appui, pendant que de sa main gauche il tâche d'enfoncer une énorme pique dans le ventre du terrible animal.

Un autre chasseur, à pied, la tête et les épaules couvertes d'un burnous rouge, s'approche tenant à la main un grand coutelas qu'il se dispose à plonger dans le corps du tigre.

Un autre chasseur arabe, monté sur un cheval blanc, accourt au secours du premier.

Superbe tableau, d'une énergie d'action et d'une puissance de coloration, qui en font une œuvre de premier ordre du plus grand coloriste français.

Signé au bas, à droite : *Eug. Delacroix*, et daté 1854.

Toile. Haut. 73 cent.; larg. 92 cent.

Collection Tabourier.
N° 25 i de l'Exposition Universelle de 1889.

DIAZ

(NARCISSE)

5 — La Meute sous bois.

A la lisière d'un bois de hêtres, dont le feuillage jauni par l'automne reçoit les rayons du soleil, apparaît une meute nombreuse de chiens courants.

La meute lancée dévale au galop d'un grand talus à la pente rapide; le museau en avant, la queue relevée en arrière, les chiens sont en pleine ardeur de la chasse.

Le soleil accroche et fait briller leurs robes blanches tachetées de noir et de roux. Il éclaire vivement un bout de terrain au premier plan, ainsi que l'écorce claire et lisse de deux grands hêtres à droite.

D'autres grands hêtres, à gauche, sont dans l'ombre, avec quelques accrocs de vive lumière, qui donnent à l'ensemble de ce magnifique et important tableau une vibration très accentuée.

Signé au bas, à droite.

Toile. Haut. 101 cent.; larg. 80 cent.

Salon de 1853.
N° 291 de l'Exposition Universelle de 1889.

DUPRÉ

(JULES)

6 — La Forêt.

Un bûcheron s'éloigne sur un chemin qui s'enfonce dans la forêt, au milieu de grands chênes aux troncs puissants, dont l'écorce rugueuse accroche les rayons du soleil.

L'air et la lumière circulent à travers les grosses branches noueuses, aux formes bizarres, qui s'entrecroisent dans tous les sens, de la façon la plus pittoresque.

Près du sol, quelques pousses garnies d'un feuillage rougi par l'automne.

Le silence mystérieux de la forêt est admirablement exprimé dans ce tableau, un des plus beaux et des plus importants du maitre.

Signé au bas, à droite : *Jules Dupré*.

Toile. Haut. 95 cent.; larg. 1 m. 28 cent.

FROMENTIN

(EUGÈNE)

7 — Une halte de Cavaliers arabes.

Dans une clairière au sol sablonneux, où aboutit un grand chemin qui sort du bois, une troupe de cavaliers arabes a fait halte.

Les uns sont encore sur leurs superbes chevaux; d'autres sont assis ou couchés sur le sable, enveloppés dans leurs grands burnous blancs; quelques-uns dorment au soleil.

Pendant ce temps-là, les chevaux sont en liberté, sous la surveillance des cavaliers restés en selle.

Au fond, on aperçoit une nouvelle troupe de cavaliers qui arrivent au sommet du chemin et vont sortir du bois.

A droite, rideau de grands arbres derrière les cavaliers.

Ciel bleu transparent et fin, semé de quelques légers nuages clairs.

Signé au bas, à gauche : *Eug. Fromentin*, 68.

Toile. Haut. 53 1/2 cent.; larg. 64 1/2 cent.

GALLAIT

(LOUIS

8 — Jeanne la Folle.

Vêtue d'une longue tunique blanche, les épaules découvertes, les cheveux épars, elle est accotée et comme agenouillée près du lit où est étendu le cadavre de son époux.

Elle pleure et se lamente, les yeux hagards. Son bras gauche est étendu un peu en arrière de la tête du cadavre.

Réduction du grand tableau gravé de la collection de feu la Reine des Pays-Bas.

Signé à droite : *Louis Gallait*, 185-.

Bois. Haut. 31 cent.; larg. 25 cent.

GÉRICAULT

9 — Une charge d'artillerie.

Des batteries d'artillerie, attelées de chevaux lan-
cés au galop sur un terrain mouvementé, traversent
tout le premier plan du tableau avec un élan furieux.

A gauche, d'autres batteries arrivent dans un
lointain obscur.

A droite, au second plan, des batteries sont arrê-
tées, et font feu.

On voit les fumées blanches et la lumière des
explosions.

Un ciel sombre surplombe l'action; les lueurs
sanglantes du soleil couchant, à droite, accentuent
encore l'impression dramatique de cette scène qui
se passe dans l'obscurité d'un crépuscule mystérieux.

Toile. Haut. 87 cent.; larg. 1 m. 41 cent.

Collection PERRAULT.
N° 379 de l'Exposition Universelle de 1889.

LEYS

(HENRY)

10 — Une Ronde.

Au premier plan, un jeune garçon s'avance en battant du tambour qu'il tient attaché sur son épaule, au moyen d'une large courroie.

Il a une veste grisâtre, des culottes courtes, des souliers jaunes, et des guêtres molles, à larges revers.

Il est coiffé d'un chapeau de feutre gris, avec plume rouge sur le côté, et regarde de face.

A sa droite, un jeune homme en justaucorps rougeâtre, ceinture verte, chapeau de feutre noir, porte sur son épaule droite un grand drapeau.

Un peu en arrière, une jeune femme s'avance sur un large perron d'escalier de pierre, portant sur un plateau un grand verre de forme bizarre. Elle est suivie d'un valet portant une grande bouteille sur son bras.

A sa droite, un autre personnage a sur l'épaule une espèce de lance ou la hampe d'un drapeau.

Signé à droite : H. L. au-dessus de la main du porte-drapeau.

Bois. Haut. 58 cent.; larg 70 cent.

Collection du baron GOETHALS.

MADOU

(J.)

11 — Intérieur de Cabaret.

Autour d'une grande table, sont assis plusieurs gais buveurs.

A gauche, par une large porte ouverte sur la cour, sort une ménagère furieuse qui, d'un geste énergique de son bras gauche étendu, intime à son homme l'ordre de sortir du cabaret.

Celui-ci, vêtu d'une grande veste rouge, s'est levé, tout à fait ivre, et cherche, en titubant, à sortir pour obéir à son irascible moitié, pendant qu'un chien aboie derrière lui.

La lumière, qui pénètre par la porte ouverte, éclaire vivement l'ivrogne, la coiffe de sa femme et le sol du cabaret, en faisant ressortir le clair-obscur du fond de la salle.

Nombreux accessoires à terre.

Importante composition de l'artiste.

Signé au bas, à droite.

Bois. Haut. 53 cent.; larg. 73 cent.

MEISSONIER

(JEAN-LOUIS-ERNEST)

12 — Le Guide ; armée du Rhin et de la Moselle (1797).

Un régiment de dragons sort d'une forêt de hêtres, conduit par un jeune paysan en costume alsacien, en gilet rouge, culotte courte, bas bleus et souliers à boucles.

Le guide est à pied, entre deux dragons à cheval, qui paraissent le surveiller de très près.

L'un tient son sabre nu à la main, le pommeau appuyé sur sa cuisse, et la lame droite.

L'autre, celui qui est à gauche du guide, tient ce dernier avec une corde attachée à son bras et fixée par l'autre bout, au pommeau de sa selle.

De nombreux dragons suivent en arrière.

Tous descendent un coteau à travers les grandes herbes sèches, et sortent à gauche, de la forêt, dont les arbres sont dénudés par le froid de l'hiver.

Cette composition est une des plus riches et des plus importantes produites par le maître.

Les figures du premier plan ont 46 centimètres de hauteur.

Signé au bas, à droite : *E. Meissonier*, 1883.

Toile. Haut. 1 m. 12 cent.; larg. 89 cent.

Salon 1883.
Exposition des œuvres de Meissonier 1884.
N° 1008 de l'Exposition Universelle de 1889.

MEISSONIER

(JEAN-LOUIS-ERNEST)

13 — Le Billet doux.

Un jeune gentilhomme, l'épée au côté, est arrêté près du mur d'un château; dans sa main gauche il tient une lettre qu'il lit, et que vient de lui remettre un jeune messager, qui, debout en face de lui et le regardant avec attention, la tête découverte, son feutre noir entre ses mains, appuyé contre sa poitrine, se tient dans l'attitude de l'attente et du respect.

La figure du gentilhomme, d'une distinction charmante, est une merveille de finesse d'expression. Il se tient debout, légèrement incliné sur le côté droit; sa main est levée à son menton; la lecture de la lettre amène sur ses lèvres un gracieux sourire de satisfaction.

Il est vêtu d'une culotte verdâtre, brodée d'or, de bas rouges; à ses pieds des souliers ornés de rubans rouges

Signé au bas, à droite : *E. Meissonier*, 1884.

Bois. Haut. 30 cent.; larg 20 cent.

MEISSONIER

(JEAN-LOUIS-ERNEST)

14 — Molière lisant.

Dans un cabinet, près d'une fenêtre ouverte qui l'éclaire vivement, Molière est assis dans un fauteuil de cuir, à dossier peu élevé, garni de clous en cuivre.

Il est vêtu d'une longue robe de chambre jaunâtre, rejetée sur ses jambes croisées et laissant entrevoir ses culottes courtes, ses bas rouges, et ses souliers de peau jaune.

Son bras droit repose sur l'appui en briques de la fenêtre ouverte; de sa main droite, il soutient sa tête légèrement inclinée.

Sa main gauche tient un gros livre à tranche rouge, posé sur son genou, et dans lequel il lit attentivement.

A sa gauche, une chaise de cuir sur laquelle sont posés deux livres.

A travers la fenêtre ouverte, au vitrage cloisonné, on aperçoit le ciel et la campagne.

Signé au bas, à gauche : *E. Meissonier*, 1885.

Bois. Haut. 28 1/2 cent.; larg. 17 1/2 cent.

MILLET

(JEAN-FRANÇOIS)

15 — Une famille de paysans.

Dans une cour aux murs jaunâtres, en avant d'une grande porte entr'ouverte, sont debout une paysanne et son mari, dont elle tient le bras droit avec sa main gauche.

Elle porte une quenouille garnie de chanvre dans sa main droite; sur sa tête est noué un mouchoir jaunâtre. Le mari est en manches de chemise, en pantalon gris très étroit, et en sabots.

Dans la main gauche, il tient une bêche

Entre les deux époux, est un jeune enfant qui, les bras étendus en travers, tient son père par la jambe et sa mère par son jupon, et semble vouloir les rapprocher.

A gauche deux poules; à droite, silhouette ébauchée d'un gros chien.

Important tableau inachevé provenant de la vente Millet.

Signé au bas, à droite.

Toile. Haut. 1 m. 10 cent.; larg. 80 cent.

Collection Van den Eynde.

RICARD

(GUSTAVE)

16 — Buste de jeune femme.

Vue de dos, presque de trois quarts, la tête en
profil perdu, se détachant sur le fond d'un bleu
puissant, la joue droite et le cou en pleine lumière;
sa chevelure brun doré, dans l'ombre, est retenue
en arrière, par un peigne de perles.

Le dos, les épaules et la naissance de la poitrine,
sont dans la demi-teinte.

Signé au bas, à droite : G. Ricard.

Bois ovale. Haut 46 cent.; larg. 36 cent.

ROUSSEAU

(THÉODORE)

17 — Paysage, soleil couchant.

Le soleil se couche dans un ciel mouvementé. Vers l'horizon, à gauche, les nuages de pourpre et d'or se reflètent dans la rivière, qui semble rouler du feu.

Au premier plan, un tertre garni d'une chaude toison de verdure, sur lequel s'élève un grand chêne d'un admirable dessin, qui se profile sur le ciel, formant comme un encadrement aux nuages dorés par le soleil couchant.

A droite, au haut du tertre, un rideau de jeunes arbres d'une verdure claire aux tons très fins.

A gauche, un sentier monte jusqu'au bord de la rivière ; dans les herbes, est arrêté un grand canot plat où se tiennent deux personnages, une femme assise et un homme debout. Au dernier plan, au delà de la rivière, horizon de grands arbres se détachant sur les nuages empourprés du ciel.

Admirable tableau d'une facture superbe, d'un effet grandiose, d'une coloration claire, quoique chaude et puissante.

Signé, au bas à gauche : *Th. Rousseau.*

Toile. Haut. 73 cent. ; larg. 93 cent.

Collection Alfred Sensier

ROUSSEAU

THÉODORE

18 — Les Chênes.

Au delà d'un ruisseau qui coule au premier plan
s'élève au centre du tableau, sur un léger renfle-
ment du terrain jaunâtre, un groupe de beaux
chênes, dont la masse élégante se profile sur le ciel
lumineux et transparent, dominant de ses branches
puissantes et de son riche feuillage le taillis qui
borde une grande clairière de la forêt.

Paysage d'une coloration dorée très claire, d'une
facture facile, d'un dessin superbe.

Signé, au bas à gauche, en toutes lettres :
Th. Rousseau.

Toile. Haut. 52 cent.; larg. 64 cent.

N° 610 de l'Exposition Universelle de 1889.

ROUSSEAU

THÉODORE

19 — La plaine, près Barbizon.

Sur un chemin qui traverse les champs cultivés, s'avance une paysanne montée sur son âne.

On voit au loin la note rouge de sa jupe, le point blanc de son bonnet; la plaine s'enfonce, par plans en perspective, jusqu'à l'horizon.

On y devine ce village de Barbizon où a vécu le grand artiste, où il a peint tant de chefs-d'œuvre.

Sur le paysage domine un magnifique ciel, tout plein de gros nuages derrière lesquels disparait momentanément, au milieu, le soleil déjà à son déclin, formant un centre de lumière éclatante et dorée, dans la partie supérieure et à droite.

Précieux petit tableau signé, au bas à droite, en toutes lettres : *Th. Rousseau.*

Bois. Haut. 13 1/2 cent.; larg. 23 1/2 cent.

Collection Günzburg.

STEVENS

(ALFRED)

20 — Ophélie.

« Des fleurs.,.... Qui veut des fleurs? »

Dans un superbe paysage, de l'effet le plus poétique, éclairé par la lumière argentée de la lune, que l'on aperçoit à gauche, dans le ciel bleu de la fin d'un jour d'été, s'avance, comme une pâle et fantastique apparition, la douce Ophélie.

Elle est vêtue d'une longue draperie blanche; une couronne de nénuphars est posée sur sa tête, d'où s'épand tout autour, sur ses épaules, avec les fleurs de sa couronne, sa fine chevelure blonde, sur laquelle viennent jouer les rayons décolorés de la lune.

Elle semble glisser sur le gazon, près du lac, la tête droite, l'œil fixe et comme perdu dans le vague.

Dans la ceinture violacée qui entoure sa taille, et qui pend un peu en avant, elle retient des fleurs de sa main gauche.

Dans la main droite, elle tient aussi des fleurs qu'elle répand distraitement à ses côtés, au bord de l'eau où se reflètent les rayons de la lune.

Tableau très important, d'un sentiment poétique très profond, le chef-d'œuvre du maître.

Signé à gauche : *A. Stevens*, 87.

Toile. Haut. 1 m. 98 cent.; larg. 1 m. 19 cent.

STEVENS

(ALFRED)

21 — Fédora.

Elle est vêtue d'une robe blanche décolletée. Ses cheveux courts, d'un blond vénitien, tombent dans un désordre pittoresque, jusque près de ses yeux, formant une couronne à son visage.

Elle est assise, le bras nu entouré de perles et appuyé sur un large coussin de satin, au-dessus d'une gerbe de petites fleurs en grappes blanches et de feuillage.

Entre les doigts effilés de la main qui pend sur le coussin, un bluet entr'ouvert se détache sur le fond rosé, formant comme un rappel du bleu pâle des yeux rêveurs de la charmante jeune femme.

Au fond, un peu à droite, voltige un papillon blanc.

L'ensemble est une délicate et poétique symphonie de couleurs tendres.

Signé au bas, à gauche : *A. Stevens*, 82.

Toile. Haut. 1 m. 15 cent.; larg. 85 cent.

Exposition Universelle de 1889.

STEVENS

(ALFRED)

22 — Le masque japonais.

Deux jeunes filles, vêtues de fraîches robes claires, deux amies, une brune et une blonde, sont assises en face d'un masque japonais aux grands yeux fixes, au rire grimaçant.

L'une passe son bras sur les épaules de son amie, et toutes deux se penchent en avant, semblant interroger le sphinx.

Beau et gracieux tableau d'une charmante coloration.

Signé en haut, à droite : *A. Stevens.*

Toile. Haut. 95 cent.; larg. 68 cent.

STEVENS

ALFRED,

23 — La Rentrée.

Une jeune femme, debout près d'un guéridon en
fer forgé, tient à la main une lettre et parait réflé-
chir. Elle est adossée à la boiserie blanche d'un
salon, près d'une porte entr'ouverte d'où sort un
petit chien blanc.

Elle est vêtue d'un long manteau en cachemire
de l'Inde.

Tapis bleu.

Près du guéridon, une chaise recouverte en soie
bleue, et au-dessus, pendu à la boiserie, un grand
tableau représentant une muse qui écrit, et un
petit amour.

Signé : *A. Stevens.*

Toile. Haut. 99 cent ; larg. 64 cent.

Collection WOLFF, de Bruxelles.

STEVENS

(JOSEPH)

24 — Le Chien au miroir.

A gauche, au premier plan, un beau chien griffon s'approche d'une grande glace posée à terre contre une banquette.

Vu de côté, de gauche à droite, en perspective, le museau allongé tout contre la glace, il grogne à son image, qui le regarde avec des yeux brillants, en paraissant lui grincer des dents.

Il est de grandeur nature, de couleur brune ; le cou, le sommet de la tête, le museau et le bout des pattes, blancs.

La lumière éclaire vivement les longs poils blancs du cou à droite, ainsi que des gants blancs qui sont à terre sur le parquet, et sur lesquels est posée en travers une canne de jonc jaune.

La glace est encadrée de peluche à bandes rouges et noires.

Excellente peinture, d'une pâte généreuse, d'une couleur puissante, d'une facture magistrale, qui classent cet artiste à la hauteur des grands coloristes français.

Signé à gauche : *J. Stevens*, Brux.

Toile. Haut. 83 cent. ; larg. 1 m. 09 cent.

Collection Terrade.

TROYON

(CONSTANT)

25 — Le Garde-Chasse et ses chiens.

A la lisière d'un bois au feuillage jauni par l'automne, un garde-chasse conduit ses grands chiens courants.

Vu de dos, vêtu de bleu, il s'engage avec eux dans un chemin qui pénètre sous bois.

Au milieu du tableau et au centre de la composition, un superbe chien blanc aux oreilles rougeâtres.

A gauche et en arrière du chien blanc auquel il est attaché par une corde, et formant avec lui une vigoureuse opposition, un grand chien noir et roux paraît vouloir s'arrêter en tournant la tête et regardant de face.

Un peu plus à gauche, un autre chien noir et roux, également debout, vu de dos.

Au premier plan, à droite, tronc d'arbre coupé. Coin de ciel, à droite, entre les arbres.

OEuvre hors ligne d'une coloration puissante.

Signé en bas, à gauche : *C. Troyon.*

Toile. Haut. 72 cent. ; larg. 91 cent.

Collection du Baron de Hauff.

4

TROYON

(CONSTANT

26 — Départ pour le marché.

Sur un large chemin qui sort d'un taillis de grands arbres, s'avance une paysanne assise sur un cheval blanc.

Elle conduit au marché son troupeau de moutons, qui trotte en plein soleil, soulevant la poussière lumineuse du chemin.

A gauche, sur un talus qui borde la route, quelques grands arbres au feuillage rougi déjà par l'automne.

A droite, ciel bleu avec de gros nuages, sur lequel se détachent les arbres de la forêt.

OEuvre importante, pleine de charme.

Signé au bas, à gauche : *C. Troyon*, 1859.

Toile. Haut. 96 cent.; larg. 1 m. 27 cent.

Collection Diéterle.
N° 629 de l'Exposition Universelle de 1889.

TROYON

(CONSTANT)

27 — La Vache blanche.

Devant le mur d'un parc, dans une assez maigre pâture, une grande vache blanche, vue de dos et de trois quarts à gauche, s'éloigne en arrachant quelques touffes d'herbe.

Le soleil, qui l'éclaire en pleine lumière, à gauche, fait vivement ressortir la puissante structure de l'animal.

Ciel d'un bleu profond et chaud.

Troyon a peint cet admirable tableau entièrement d'après nature ; il le considérait comme une de ses meilleures peintures et n'a jamais voulu le vendre. A sa mort, il le laissa à sa mère, qui le garda elle-même en sa possession.

Signé en bas, à gauche : *C. Troyon*.

Toile. Haut. 73 cent. ; larg. 80 cent.

Collections Günzburg, Clapisson, Perrault.
N° 627 de l'Exposition Universelle de 1889.

WILLEMS

(FLORENT)

28 — Le Message.

Dans une antichambre, une jeune dame se tient debout contre un meuble.

Éclairée d'en haut en pleine lumière, vêtue d'une robe de satin blanc décolletée, elle étend le bras gauche et donne à un jeune valet des ordres pour porter une lettre qu'elle vient de lui remettre.

De ses doigts étendus, elle semble lui montrer le cadran d'une pendule placée sur le meuble et lui recommander de se hâter.

Le jeune messager est vu de dos, vêtu d'un justau-corps brun, de culottes courtes, bas blancs.

Il a, dans sa main gauche relevée, la lettre qu'il vient de recevoir; de la droite, il tient son large chapeau de feutre gris orné d'une plume.

Signé, à droite : *Florent Willems.*

Toile. Haut. 83 cent.; larg. 62 cent.

AQUARELLES MODERNES

MEISSONIER

(JEAN-LOUIS-ERNEST

29 — Au bord du Zuyderzée.

Un général de la première République, accompagné de deux ordonnances à cheval, suit la plage au grand trot de son cheval brun, sur le sable humide où viennent déferler jusqu'aux pieds des chevaux les vagues blanches poussées par la tempête.

Le visage fouetté par le vent humide, il baisse sa tête coiffée du bicorne, et regarde, à droite, vers l'horizon.

Très belle aquarelle signée, à droite : E. M. 1874.

Haut. 15 1,2 cent. ; larg. 26 cent.

Collection WARNIER, de Reims.
— Van den Eynde.

MEISSONIER

(JEAN-LOUIS-ERNEST)

30 — Jeune Florentin du XVe siècle.

Debout, vu de face, une main sur la hanche,
l'autre à la poignée de son poignard, une toque
bleue sur ses longs cheveux blonds, il est vêtu d'un
corsage de soie jaune à crevés aux coudes et aux
épaules, et d'une espèce de maillot à larges bandes
rouges et bleues qui descendent jusque sur le pied.

Aquarelle, signée à gauche : E. M., 81.

Haut. 25 cent. ; larg. 18 cent.

MEISSONIER

(JEAN-LOUIS-ERNEST)

31 — Le Factionnaire.

Devant un palais, au pied d'une colonne, une sentinelle est en faction, le fusil sur le bras gauche, la baïonnette au canon.

Vu de face, il est en costume des grenadiers de la République ou du premier Empire, avec bonnet à poil et plumet rouge, culottes, guêtres et buffleteries blanches.

Aquarelle signée au bas, à droite, des initiales E. M., 1884.

Haut. 22 cent. ; larg. 11 cent.

TABLEAUX ANCIENS

BOUCHER

(FRANÇOIS)

1704-1770. — Paris.

32 — Pastorale.

Au bord d'un ruisseau dont l'eau coule à leurs
pieds, sont assis dans la verdure, sous les arbres,
deux jeunes filles, aux frais costumes Louis XV, et
un jeune garçon.

Au-dessus de leurs têtes voltigent en roucoulant
de blanches colombes.

A gauche, la jeune fille, blonde et rose, le corsage décolleté, des rubans à la poitrine, au cou et
dans les cheveux, s'appuie contre le jeune garçon,
qui lui fait lire une lettre et qui se retourne pour
regarder l'autre jeune fille endormie, avec sa hou-
lette et son fuseau à la main, ayant derrière elle
sa blanche brebis qui bêle.

Séduisant tableau de la plus belle qualité du
maître.

Signé à droite, en toutes lettres, sur un morceau
de bois contre lequel est adossée la jeune dor-
meuse.

Toile. Haut. 92 cent.; larg. 74 cent.

Collection Comte d'ALCANTARA.

GOYEN

(JAN VAN)

Né à Leyde en 1596. — Mort à la Haye en 1656

33 — L'hiver en Hollande.

Au premier plan, de nombreux personnages, la plupart réunis en groupes, les uns patinant, les autres assis dans des traîneaux poussés par des hommes ou traînés par des chevaux.

Sur la digue, à droite, une guérite derrière laquelle on aperçoit un canon et deux personnages ; derrière cette digue, une maison, et une rangée de jeunes arbres à droite.

Plus loin, les patineurs et les promeneurs continuent jusqu'au bord opposé, au delà duquel on voit, dans le lointain brumeux, la ville de Harlem dont l'église domine les maisons.

Beau ciel parsemé de nuages vaporeux avec éclaircies de bleu.

Belle et riche composition du maître, d'un effet lumineux très fin, avec de grandes délicatesses de tons et de valeurs.

Signé à gauche : *J.-V. Goyen*, 1646.

Gravé dans la *Gazette des Beaux-Arts*, par *G. Greux*, et décrit par *Charles Blanc, dans l'histoire des Peintres, tome XVI, page* 344.

Bois. Haut. 44 cent. ; larg. 75 cent.

Galerie du palais de San Donato.

GREUZE

(JEAN-BAPTISTE

Né à Tournus, en 1725. — Mort au Louvre, en 1805

34 — Jeune fille.

Vue de trois quarts, tournée à gauche, elle regarde un peu à droite, de ses grands yeux bleus.

Ses longs cheveux blonds tombent, en boucles dorées, sur son front et le long de son cou, jusque sur ses épaules.

Au milieu, un ruban bleu forme comme une couronne dans ses cheveux.

Une écharpe de gaze bleuâtre, jetée en arrière, retombe en avant sur son épaule gauche, et à droite, sur sa poitrine que laisse décolletée une espèce de chemisette blanche entr'ouverte, laissant voir la naissance des seins.

Ravissante tête de jeune fille, d'une fraîcheur et d'une naïveté que Greuze seul a su rendre avec cette grâce séduisante.

Toile. Haut. 41 cent. ; larg. 33 cent.

GREUZE

(JEAN-BAPTISTE)

35 — Buste de petite fille.

Tournée de trois quarts à droite, la tête un peu inclinée en avant, la bouche entr'ouverte, elle sourit en regardant devant elle.

Sa robe, d'un bleu verdâtre, un peu décolletée, est garnie près de la poitrine d'une petite dentelle noire.

Un fichu blanc recouvre ses épaules ; les boucles de ses cheveux blonds dorés entourent son front et tombent en arrière sur son cou.

Bois. Haut. 39 cent. ; larg. 3o cent.

GUARDI

Venise 1712. — 1793.

36 — La fête du Bucentaure.

La scène est dominée par un ciel superbe, dont le bleu puissant et chaud est voilé dans le haut par de légers nuages roux qui en augmentent la transparence. Plus bas, l'azur du ciel est mouvementé par de beaux nuages lumineux qui prennent une couleur dorée au niveau des toits des palais qui étalent leur belle architecture sur le bord et tout le long du grand canal.

Le peintre a choisi le moment où la fête annuelle est dans son plein.

Le grand canal est couvert de riches gondoles, de barques, de canots élégants, tous pleins de personnages aux brillants costumes, dont les vives couleurs ressortent sur l'eau sombre du canal.

Les palais fourmillent de monde aux fenêtres et jusque sur les toits, ce qui donne à la fête une animation extraordinaire.

Le Bucentaure, sorte de galère de parade, est au fond vers le centre, et forme une estrade d'où le Doge va jeter son anneau à la mer pour consacrer son mariage avec l'Adriatique.

Très importante composition du maître, d'une grande vigueur d'exécution, et d'une puissance de couleur qui rappelle les grands coloristes vénitiens.

Toile Haut. 1 m. 18 cent.; larg. 1 m. 65 cent.

Collection FEBVRE.

HALS

(FRANS)

Né à Anvers vers 1584. — Mort à Harlem en 1666.

37 — Le Joueur de violon.

Un jeune homme est assis, la jambe gauche croisée sur la jambe droite.

Il est vêtu d'un pourpoint de soie tailladée et de culottes courtes bouffantes, avec un large chapeau de feutre noir sur sa tête.

Il conduit son archet sur le violon qu'il tient appuyé sur sa poitrine, au-dessous de sa collerette blanche plissée.

Il regarde de face, souriant, la tête légèrement inclinée en arrière avec une expression de satisfaction.

A sa droite, une jeune Hollandaise, en coiffe et fichu blanc, s'approche en se penchant vers lui ; elle lui sourit affectueusement, et lui offre, de la main gauche, un verre de vin blanc qu'elle vient de verser d'une buire de grès tenue dans la main droite, appuyée sur une table recouverte d'un tapis bleuâtre.

Cette superbe peinture, exécutée en pleine pâte et d'une grande intensité de lumière représente un des sujets les plus agréables dans l'œuvre de ce maître si hautement apprécié par les connaisseurs.

Signé, à droite, du monogramme F. H.

Bois. Haut. 60 cent. ; larg. 63 cent

LARGILLIÉRE

(NICOLAS DE)

Né à Paris le 20 octobre 1656. — Mort le 20 mars 1746

38 — Bossuet et le Grand Dauphin de France.

Debout, vu de face à mi-jambes, le jeune prince, le bras gauche appuyé sur un pilastre, semble causer à un personnage qui serait en face de lui, et accentuer sa parole d'un geste de sa main gauche étendue et ouverte, l'index en avant.

Les boucles de ses longs cheveux bruns retombent sur ses épaules, encadrant sa figure et ses grands yeux qui regardent en face.

Il est vêtu d'un petit vêtement gris à boutons d'or, recouvrant un gilet brodé d'or.

A son cou, une cravate de dentelle blanche sur un nœud de ruban rose.

Sur son bras droit, est jetée une draperie jaune qui recouvre sa manche de mousseline blanche, bouffante.

A ses pieds, un grand chien épagneul marron lève la tête vers la main du jeune prince.

A sa droite, Bossuet en costume d'abbé se tient debout, la main gauche posée paternellement sur l'épaule du Dauphin, et soutenant de la main droite sa soutane noire; sa tête est nue, vue presque de face. Il regarde à droite ; ses cheveux grisonnants tombent sur le cou.

La grâce, la vigueur et la distinction de la peinture, ainsi que la beauté des mains, rappellent ici pourquoi Nicolas de Largillière était surnommé le Van Dyck français à la cour de Louis XIV.

Ce magnifique tableau, d'une conservation parfaite, est resté pendant plus d'un siècle dans une famille à Bruges, d'abord chez le baron de Marenzi décédé en 1845, ensuite chez son héritière la douairière de Donequers.

Signé au bas, à droite : *N. de Largillière*, 1685. Beau cadre en bois sculpté.

Toile Haut. 1 m. 47 cent.; larg. 1 m. 13 cent.

MAES

(NICOLAS

Né à Gouda en 1620. — Mort en 1664.

39 — Le Prince d'Orange.

Assis sur un tertre de verdure, un petit garçon ayant une coiffure de fantaisie, en plumes avec ruban rouge, soutient sur un doigt de sa main droite un oiseau, un chardonneret, qui ouvre le bec et bat des ailes pendant qu'un joli petit chien blanc tacheté de brun, placé sur les genoux de l'enfant, paraît aboyer et vouloir s'élancer du côté de l'oiseau que l'enfant tient éloigné de lui.

Le corps du petit garçon est drapé de deux écharpes, l'une rouge, l'autre brune, qui laissent voir sa poitrine revêtue d'une petite chemise relevée aux bras, qu'elle laisse découverts.

A ses pieds, une corbeille en cuivre rouge, pleine de pêches et de raisins.

Signé, au bas, à droite : *N. Maes.*

Toile. Haut. 75 cent.; larg. 63 cent

NATTIER

(JEAN-MARC)

Né à Paris le 17 mars 1685. — Mort dans la même ville le 7 novembre 1766

40 — Portrait de Mme de Flesselles.

Elle est assise au milieu des roseaux, sur le bord d'une rivière qui s'étend au loin vers la droite, jusqu'à un bouquet d'arbres, où elle forme une petite cascade.

La belle jeune femme est un peu étendue vers la gauche, négligemment appuyée de son bras droit sur une urne inclinée, d'où coule une source abondante. La tête haute, un peu en arrière, le teint animé, elle regarde en face, de ses grands yeux vifs et brillants, recouverts d'épais sourcils noirs.

Dans ses cheveux très légèrement poudrés, s'enroule un collier de perles fines, qui, retombant sur ses épaules nues, entoure le haut du bras gauche et se rattache à la dentelle du corsage.

Un vêtement jaunâtre la recouvre depuis le dessous de la poitrine, jusqu'au bas des jambes. Une grande draperie verte, jetée sur son bras droit, l'enveloppe en arrière et recouvre en avant une partie de sa longue jupe grise, à droite.

Un ciel chaud et transparent forme un beau fond

sur lequel se détache la gracieuse jeune femme, comme une déesse des eaux.

OEuvre capitale et une des plus gracieuses que ce charmant portraitiste ait produites.

Toile. Haut. 1 m. 36 cent.; larg 1 m. 63 cent.

Collection du Baron de Beursonville.
Gravé par Gilbert dans le catalogue de la vente Beursonville.

OSTADE

(ADRIEN VAN)

Né à Lübeck, en 1610. — Mort à Amsterdam, en 1685.

41 — Buveur et Fumeur.

Dans un intérieur rustique le buveur est assis sur
un escabeau, vêtu d'une veste rouge, à manches
grises. D'une main, il tient un pot d'étain, et de
l'autre, un grand verre de bière qu'il examine
avec complaisance.

Le fumeur assis, un peu à la droite du buveur,
sur un baquet renversé, tient une pipe de terre
dans sa main droite.

La lumière éclaire le sol au premier plan et re-
monte en glissant sur l'épaule et la figure du buveur,
et sur celle du fumeur.

Signé au milieu, à gauche : *A. v. Ostade.*

Bois. Haut. 26 cent.; larg. 20 cent.

Collection B. NARISHKINE, 1883.

POTTER

(PAUL)

Né à Enckhuyzen en 1625. — Mort à Amsterdam en janvier 1654

42 — Les Pourceaux.

A l'entrée, et sous l'auvent délabré d'une porcherie, recouvert en partie de quelques tuiles rouges et de lambeaux de chaume, se tiennent deux énormes pourceaux en pleine lumière, se détachant sur le clair-obscur du fond.

L'un, couché en travers sur le sable gris, repu, l'œil brillant, la gueule entr'ouverte, étale au soleil son poitrail énorme et son ventre rebondi.

L'autre, une superbe truie, non moins colossale, se tient un peu en arrière, droite sur ses pattes de devant; la tête en avant, vivement éclairée, ressort sur le restant du corps qui est dans la demi-teinte.

A gauche, coin de ciel gris et un arbre; des pigeons volent devant un pigeonnier.

Nous appelons tout particulièrement l'attention des musées sur cette superbe peinture, d'une conservation irréprochable, l'une des œuvres les plus intéressantes parmi celles de ce maître rarissime.

Plusieurs critiques d'art éminents ont fait une description enthousiaste de ce tableau; de sa magistrale facture, de l'expression merveilleuse et du modelé des têtes, ainsi que du clair-obscur et de la

couleur chaude et transparente que Bürger qualifie,
avec justesse, de *toute Rembranesque.*

Signé au fond, à gauche : *Paulus Potter,* f. 1647.

Bois. Haut. 56 cent. ; larg. 51 cent.

Décrit par Smith dans son Catalogue raisonné, part V, page 147.
N° 69.
Décrit par T. Van Westrheene et par Burger.
Collections J. Danser-Nyman, Amsterdam 1797.
— Baronne Roell, née Hodshon, Amsterdam 1872.

REMBRANDT VAN RYN

Né en 1608. — Mort à Amsterdam, le 8 Octobre 1669

43 — Portrait d'un Amiral.

Vu presque de face, jusqu'au-dessous de la ceinture, la figure en pleine lumière tournée un peu à droite, il est vêtu d'une espèce de justaucorps rouge, au-dessus duquel paraît une chemisette blanche plissée, avec large broderie d'or.

A son cou, pend un collier terminé par une décoration qui descend entre la chemisette et la broderie.

Sur sa poitrine, au-dessous d'une courroie, est suspendu un sifflet de commandement.

Il est coiffé d'un large béret noir, au-dessous duquel pendent les boucles de sa longue chevelure d'un blond fauve, de la même couleur que sa fine moustache retroussée.

De sa main droite, dont les doigts entrent dans sa ceinture, il tient le manche d'un poignard de combat. Un petit poignard est passé dans sa ceinture, à droite.

Sur ses épaules, une grosse pelisse avec large bande de fourrure fauve.

La tête exprime la volonté, l'énergie, le courage de l'homme qui ne craint pas la lutte avec les éléments.

Beau et important tableau que sa magistrale exécution et sa vigoureuse couleur font classer parmi les œuvres de la plus belle époque du maître. Le savant D*r* *Bode* dans son « *Étude sur la Peinture hollandaise* » (*page* 535), fait la description de ce tableau et, en y trouvant une grande analogie avec le « *portrait de jeune homme* » du *Louvre*, daté de 1658, il en conclut que ce portrait d'un Amiral doit avoir été peint à peu près à la même époque. Et en effet, nous avons découvert depuis, au bas du tableau, dans le fond sombre, à gauche, la signature et la date 1655.

Il provient du *Marquis de Beausset* et a été longtemps en possession de *M. Allard, père de* M*me* *Crabbe*.

Toile. Haut. 1 m. 14 cent.; larg. 87 cent.

RUBENS

PETER-PAUL

Né à Siegen, le 29 juin 1577. — Mort à Anvers, le 30 mai 1640

44 — La Sainte Famille.

Dans la campagne, sur un tertre, au pied de gros troncs d'arbres, est assise *la Sainte Famille.*

Au milieu, la Vierge vêtue d'une longue robe rouge, un grand manteau bleu verdâtre jeté sur ses épaules, la poitrine découverte, le sein nu qu'elle presse entre ses doigts pour en faire couler le lait dans la bouche de *l'Enfant* qu'elle tient sur ses genoux, et dont la tête et les épaules sont posées sur un oreiller que soutient en élevant les bras un petit ange ailé, vu de dos.

A gauche, sainte Anne appuyée sur un berceau sculpté, soutient, avec sa main, saint Jean enfant. Celui-ci caresse Jésus qui lève le bras gauche et sa main jusqu'au visage de saint Jean.

A droite, saint Joseph, enveloppé d'un manteau gris bleuâtre et un bâton à la main, se penche et regarde la scène.

Une draperie jaune attachée entre deux branches d'arbre est suspendue au-dessus de la Vierge.

Une des plus charmantes compositions du maître, d'un merveilleux éclat de couleur. On rencontre rarement dans une collection particulière une œuvre de Rubens de cette importance et de cette beauté.

Plusieurs grands artistes et d'éminents experts ont eu l'occasion de voir cette œuvre et d'exprimer leur opinion sur son authenticité incontestable et sur sa qualité.

L'expert, M. Roux du Cantal, certifie, sous la date du 24 juillet 1830 :

« Après avoir examiné avec une scrupuleuse attention cette importante production dans ses détails et principalement dans ses accessoires, j'ai reconnu qu'elle était entièrement de la main de Rubens. Bien que ce maître se faisait aider ordinairement par ses élèves dans ses nombreux ouvrages, je n'ai pas trouvé dans celui-ci aucune touche étrangère. »

Les « experts des Musées royaux de France », M. Charles Paillet et M. Nicolas Pérignon, dans un certificat notarié sous la date du 28 mars 1836, affirment :

« Que ledit tableau est réellement du célèbre Rubens ; qu'il est de son meilleur faire et des ouvrages les plus séduisants qui soient sortis du pinceau de ce maître, et que ce précieux tableau, par son heureuse composition, est d'un prix très élevé et bien digne de figurer dans les meilleures galeries. »

Eugène Delacroix dit :

« Voilà ce que j'ai vu de plus beau de ce grand maître, après le Tombeau de Saint-Jacques, dont d'abord il rappelle la mémoire. »

M. Müller, artiste peintre, s'écrie :

« Oh ! le beau Rubens ! C'est un vrai bouquet, une grappe de chairs vivantes. Cela a été fait à son retour d'Italie... c'est une perle...! »

Paul Delaroche, membre de l'Institut, écrit sous la date du 21 septembre 1843 :

« Après avoir examiné avec le plus grand soin ce tableau représentant une Sainte Famille, qui appartient à M. Roëhn, je certifie, autant que mes connaissances me le permettent, que cet ouvrage est de Pierre-Paul Rubens. »

Baron Wappers :

« Je le proclame bien haut, depuis le Tombeau de saint Jacques, dont c'est le style de l'époque, je n'ai jamais rien vu de si beau que cette Sainte Famille... Comme c'est serré et complet ! Ce tableau est tout entier de la main du maître et probablement de quinze ans avant sa mort, quand il revint d'Italie après avoir copié des Titien... Ce tableau est un morceau rare et admirable, cela vaut beaucoup plus que *cent mille francs*... »

M. Étienne Leroy :

« C'est aussi beau que le Tombeau de saint Jacques... Il est supérieur à celui de la famille de Kuyff, d'Anvers ; c'est un tableau d'une grande valeur, qui n'appartient qu'à un roi ou à un musée. »

Ce tableau vient de la succession de M. de Villeroud, avocat au conseil du roi Louis XV. Il a appartenu successivement à plusieurs membres de cette famille, à M. Roëhn, artiste peintre, (1836), à M. le marquis de Gouvello et est en possession de M. Prosper Crabbe depuis 1869.

Toile. Haut. 1 m. 41 cent. ; larg. 1 m. 36 cent.

RUBENS

(PETER-PAUL)

45 — Portrait d'un Recteur de l'Université de Louvain.

La tête découverte tournée de trois quarts à droite, il se tient debout et regarde en face.

Vêtu de noir, avec grand col d'habit relevé en arrière, il est vu jusqu'au-dessous des genoux.

De sa main droite relevée, il soutient sa toque noire contre lui, et dans la gauche, il tient un chapelet à gros grains.

Figure éclairée presque de face, en pleine lumière ; moustache et barbiche noires.

Armoiries de famille, en haut du tableau, à droite.

Bois. Haut. 1 m 17 cent. ; larg. 78 cent.

Collection Huybrechts d'Anvers.
—   feu J. Allard, Bruxelles.

RUBENS

(PETER-PAUL)

46 — Portrait de dame Van Parys.

Vue de trois quarts, à droite, la figure en pleine lumière, elle regarde en face, et se tient debout, se détachant sur un fond rouge foncé.

Elle est vêtue d'une longue robe de velours noir, avec corsage de satin blanc brodé d'or; une large et épaisse collerette tuyautée entoure son cou; ses cheveux, de couleur brun doré, sont rejetés en arrière et surmontés d'un ornement élevé et à jour, de la même couleur que la collerette et en forme de peigne très élevé.

Dans sa main droite relevée au corsage, elle tient un gros chapelet qu'elle soutient de la main gauche.

Bracelet d'or aux poignets, et boucles d'oreilles avec perle fine.

Gracieux portrait d'une charmante coloration.

Bois. Haut. 1 m. 04 cent.; larg. 76 cent.

Collection HUYBRECHTS, Anvers.
— feu J. ALLARD, Bruxelles.

8

RUBENS

(PETER-PAUL)

47 — Hygie.

Hygie, déesse de la santé, fille d'Esculape, est debout, entourée d'une grande draperie rouge qui, recouvrant ses épaules, laisse le sein gauche, la poitrine et le bras nus; elle tient dans sa main gauche un serpent, emblème de l'éternité, qui s'enroule autour de son bras, la gueule ouverte pour y recevoir quelques gouttes d'un liquide que la déesse y verse de sa main droite.

Vigoureuse peinture d'une splendide coloration, entièrement exécutée de la main du maître, pour la corporation des médecins d'Anvers.

Bois. Haut 1 m. o5.; larg. 74 cent.

Collection NIEUWENHUYS.
— Comte d'HANE de STEENHUYSE,
— feu J. ALLARD.

RUBENS

(PETER-PAUL)

48 — Le Martyre de saint Liévin.

Au premier plan, à gauche, le saint, couvert d'un manteau jaune, est tenu par un bourreau ; il est tombé à genoux et rejette le haut de son corps en arrière, étendant les bras et levant la tête vers le ciel, comme pour implorer le Dieu tout-puissant.

En avant, un bourreau le saisit par sa longue barbe blanche, et, en arrière, un autre bourreau tient au bout de ses tenailles sa langue sanglante qu'il vient de lui arracher et qu'il se dispose à jeter à la gueule du chien qui s'élance pour la saisir.

Tout en haut, le ciel s'entr'ouvre et les anges lancent la foudre sur la foule, sur les soldats à cheval et sur les bourreaux.

Les chevaux se cabrent et les soldats fuient épouvantés, levant la tête vers le ciel qui les frappe.

Magnifique composition de Rubens, dont le grand tableau est au Musée de Bruxelles.

Bois. Haut. 83 cent.; larg. 58 cent

RUBENS

(PETER-PAUL)

49 — La chasse au lion.

Trois cavaliers sont coiffés de casques et armés de boucliers.

A droite, un lion s'est précipité sur la croupe d'un cheval blanc qui se cabre ; il saisit dans sa gueule puissante l'épaule du cavalier qu'il va désarçonner.

A gauche, une lionne se jette sur le flanc d'un cheval brun qui se cabre, et dont le cavalier, qui a une écharpe rouge sur sa cuirasse, plonge sa lance dans la gueule de la lionne.

Au milieu, un troisième cavalier armé d'une espèce de fourche de fer, s'avance au secours de son camarade.

Sur le sol, à gauche, un chasseur est étendu, tandis que roule à droite un énorme fauve, une lance dans le flanc et la gueule sanglante.

Toile. Haut. 43 cent.; larg. 62 cent.

Collection du baron DENON, Directeur général des Musées sous Napoléon Ier.

RUISDAEL

(JACOB)

Né à Harlem, vers 1630. — Mort dans la même ville, le 16 novembre 1681.

50 — La Tempête.

Sur une mer battue par la tempête, s'étend un ciel sombre avec de gros nuages qui forment une grande ligne d'ombre sur la mer au second plan, et, s'entr'ouvrant à droite, laissent passer quelques rayons lumineux qui vont frapper vivement, à gauche, la grande voile blanche d'une barque de pêche, ainsi que les vagues écumantes du premier plan, à droite.

Une autre grande barque aux voiles brunes paraît au milieu, au sommet d'une énorme vague qui se brise contre sa coque.

Plus loin, à droite, s'éloignant vers l'horizon, d'autres bateaux qui fuient devant la tempête.

Tableau d'un effet dramatique puissant, d'une vérité saisissante et d'une grande transparence, malgré la vigoureuse intensité de sa coloration.

Signé du monogramme, à droite.

Bois. Haut. 45 cent.; larg. 63 cent.

Collection SIMONET.

TENIERS

(DAVID LE JEUNE)

Né à Anvers, en 1610. — Mort à Bruxelles vers 1694.

51 — Intérieur de cuisine.

A l'intérieur d'une chaumière, devant le feu d'une
cheminée au large manteau, une femme est assise
et fait la cuisine, ayant à sa droite un enfant debout,
à sa gauche, un homme qui boit à un bol de terre,
et en arrière, un vieillard coiffé d'un béret rouge,
appuyé sur un bâton, et auquel elle cause. Sur le
devant, un chien.

Bon tableau d'une couleur claire et transparente.

Signé au bas, à droite : *D. Teniers f.*, 1644.

Toile. Haut. 23 cent.; larg. 35 cent.

Collection Max Kann.
— B. Narishkine

TERBURG

(GÉRARD)

Né à Zwolle, en 1608. — Mort à Deventer, en 1681

52 — Portrait d'une dame hollandaise.

Dans un intérieur nu, à fond gris et sol jaunâtre, est assise, à droite, dans un grand fauteuil noir, une dame vêtue de noir, le cou et les épaules couverts d'une longue collerette empesée, laquelle monte jusqu'à une coiffure noire qui couvre sa tête et s'arrondit sur son front.

Vue de trois quarts à droite, elle regarde en face, le haut du corps droit; la figure, le haut de la collerette et les mains sont éclairés en pleine lumière.

A ses bras, des manchettes et bouts de manches en mousseline blanche.

En face d'elle, une table recouverte d'un tapis noir sur lequel sont posés un grand livre ouvert, et, en avant, des lunettes et leur étui.

Tableau d'une touche délicate, d'une grande finesse et transparence de ton.

Signé, à droite, sur le bâton inférieur de la chaise, d'un monogramme formé des lettres G. T. B.

Toile Haut 66 cent.; larg. 53 cent.

Exposition Néerlandaise, Bruxelles, 1881.

TOCQUE

(LOUIS)

Né en 1696. — Mort au Louvre, le 10 février 1772.

53 — Portrait de jeune femme.

Une charmante jeune femme est assise, vue presque de face, éclairée en pleine lumière, et regardant le spectateur, de ses grands yeux bruns.

Son corsage doré, orné de guirlandes de fleurs, recouvre un dessous de mousseline qui laisse la poitrine décolletée et l'avant-bras nu.

Un petit bouquet de fleurs blanches est placé au sommet de sa chevelure poudrée, qui est relevée, laisse le front découvert, et dont une boucle pend en arrière sur son cou.

Dans sa main gauche, elle tient une coupe de cristal ornée de bronze doré, et de la main droite elle tient, élevée au niveau de son visage, une petite buire en or ciselé.

Une grande draperie gris bleuâtre est jetée sur ses genoux.

Fond de ciel gris-bleu avec lueur rougeâtre à gauche, et effet lumineux à droite au-dessus de nuages bruns.

Très beau et gracieux portrait.

Toile. Haut. 1 m. 13 cent.; larg. 85 cent.

Product of 1589. 900 —

www.ingramcontent.com/pod-product-compliance
Lightning Source LLC
LaVergne TN
LVHW021457170726
843501LV00005B/1708